77152

W9-AOU-140

ISBN 978-2-211-04869-9

© 1998, l'école des loisirs, Paris
Loi numéro 49 956 du 16 juillet 1949 sur les publications
destinées à la jeunesse : mars 1998
Dépôt légal : novembre 2007
Imprimé en France par Aubin Imprimeur à Poitiers

CLAUDE PONTI

Tromboline et Foulbazar

Le A

l'école des loisirs

11, rue de Sèvres, Paris 6e

À l'école, Tromboline et Foulbazar
ont appris l'alphabet.
La maîtresse a dit d'étudier le A,
Tromboline et Foulbazar s'en vont
étudier le A.

« Arrêtons-nous, on va l'étudier ici »,
dit Tromboline.

« Pour commencer, on va le chatouiller »,
dit Foulbazar.

« Après, on le lance. »

« Ensuite, on est gentils. »

« Maintenant, on lui fait peur. »

« Et là, on ne fait rien du tout. »

AWTY INTERNATIONAL SCHOOL

« Je crois qu'on a tout étudié », dit Tromboline.
« Oui, et demain, on étudiera le B », répond Foulbazar.